다음 달부터 웃을 수 있어요

파란시선 0043 다음 달부터 웃을 수 있어요

1판 1쇄 펴낸날 2019년 10월 20일
지은이 이담하
디자인 최선영
인쇄인 (주)두경 정지오
펴낸이 채상우
펴낸곳 (주)함께하는출판그룹파란
등록번호 제2015-000068호
등록일자 2015년 9월 15일
주소 (10387) 경기도 고양시 일산서구 중앙로 1455 대우시티프라자 B1 202호
전화 031-919-4288
팩스 031-919-4287
모바일팩스 0504-441-3439
이메일 bookparan2015@hanmail.net

ⓒ이담하, 2019, printed in Seoul, Korea

ISBN 979-11-87756-51-4 04810
    979-11-956331-0-4 04810 (세트)

값 10,000원

다음 달부터 웃을 수 있어요

이담하 시집

나는 그렇게 하지 않는 편을 택하겠습니다
　　　　　　—허먼 멜빌, 「필경사 바틀비」

차례

시인의 말

제1부

제2부

제1부

사과가 가득한 방

입속을 들여다보는 의사는 좁쌀만 한 결절에 즐거워요
성대결절입니다

어쩐지 나는 로맨틱한 마음이 들고

그럼 어떻게 해야 하나요

의사가 입을 열어 다섯 번째 계절과 숨은 계절을 보여
준다

결절된 성대 부근을 보면
상처가 보여 주는 용례는 자주 갈라진다고 해요
입속에 두 개의 사과가 있다고 의사는 정정해요
빈방에 통증이 숨어 있다고 또 정정해요

두 계절의 성분은 무엇입니까

의사는 자기 가슴을 또 한 번 열어
돌아오는 계절과 돌아오지 않는 계절을 보여 준다

당신이 만든 계절과 신이 당신을 만든 계절 중에
어느 계절을 믿는지 묻는다

저는 제 몸의 온도와 속도만 믿어요
통증은 하나의 계시라서
누구나 믿을 수 있고 자란다는 특징이 있어요

입속을 들여다보는 의사는 빈방을 보고 즐거워해요
방에 피 묻은 붕대가 가득하다고 말해요
사과가 가득하다고 정정을 해요

나는 일어나 방으로 들어가고
나는 방으로 들어가 방문을 닫아요

방은 이제 무엇으로 가득한가요

그동안 무슨 일이

고백과 독설이 빨려 들어가는 귀는
아무래도 내 편이 아닌 것 같다

하품하는 6초 동안
멀쩡한 눈에 눈물이 고이는 것은
나도 모르는 슬픈 일이 있었다고 해도
귀가 닫혀서 아무것도 듣지 못했다고 해도
입을 열고 귀를 닫는 순간
누군가 들어왔다 나간 건 아닐까
하늘과 땅이 아무도 모르게 뒤바뀐 것은 아닐까

하품하는 6초 동안
눈물이 도는 짧은 순간의 슬픔을
입과 눈이 반반씩 나누고 옆 사람까지 전달시키는 하품,
모태에서부터 익힌 것이 확실하다

어떤 방해도 받지 않고 하품하는 동안
별들이 탄생하는 감당할 수 없는 일이
나도 모르게 일어난 것이 분명하다

바늘이 가리키는 본질

8분 20초 전에 태양을 출발한 햇빛
앉은뱅이저울 위에서도 환하다
기울어진 무게만 인정하는
손익 분쟁 지역
어떤 저울은 미리 피(皮)를 빼놓는다는데
오차가 얹혀 있는 이 저울은
피를 뺀 햇빛의 무게
0.5g을 가리키기 위해 부르르 떨고 있다

창을 통과한 햇빛 0.5g
잠깐의 오류로
바르르 떨다가 멈춘 자리에 나를 얹어 본다
그늘을 만들거나 겨울을 날 수 있는
옷의 무게는
본질의 바깥인 껍질의 무게
바르르 떨다 진정되는 무게의 끝에
얼마의 피를 더 얹어야
한없이 흔들리는 무게로
가장 깊숙한 무게에 도달할 수 있을까

궁금한 저의
햇빛 환한 방에 혼자 있다 보면
생각마다 가득 차 있는 햇빛 0.5g을 집어 본다
손에서 느껴지는 햇빛의 피를 뺀 무게
저울 눈금처럼 흔들리고 있다

거짓말 크레셴도

질량보다 무게가 변하는 거짓말,
기계적 결과에 주목한다

질량도 늘릴 수 있는 거짓말,
거짓말의 꼬리는 왜 밝혀지거나 밝히게 될까
거짓말은 노랗거나 푸르지 않고 왜 새빨갛다고 할까
반복해서 들으면
시처럼 들려서 쉽게 용서되는 거짓말,
언제부터 입술에 접안되었을까

화학적 감정을 유발시키는 입

누가 내 아가리를 막아 주오
누가 내 아가리를 찔러 주오
누가 내 아가리를 뽑아 주오

믿기 위해 의심하고 의심하기 위해 믿는 합리적 의심과
거짓에 열광하는 세상

네발로 걷는 것들이 지배할 거야

그들이 거짓말을 이해한다면

입속에 들어 있는 두 계절

바람의 세기를 조절하는 입술
입 모양은 같지만 용도는 다르다

힘을 주고 불 때 나오는 찬바람과 힘을 빼고 불 때 나오
는 따뜻한 바람으로 시린 손을 녹이거나 뜨거운 것을 식
혔던 아이들

언젠가 손가락을 다쳤을 때
어린 입에서 터져 나오는 울음과 상처가 눈썹달처럼 줄
어든 것은
처방전 없이
호 하고 불던 엄마의 입김
상처를 봉합하고 다독거리는 약성이 있다

그때 두근거리던 손가락의 상처
엄마의 입김이 애지중지 보살폈던 애틋함이다

엄마의 입속에 들어 있는 찬바람과 따뜻한 바람으로 손
에 묻은 먼지를 털고 손을 녹였던 아이들

커 갈수록 엄마의 입속에 들어 있는 두 계절을 믿지 않
는다

숨과 숨으로 인하여

숨과 숨이 어긋날 때
한 모금의 죽음이 다녀간다
한숨 맛이 난다는 죽은 자들이 뱉어 놓은 숨
이미 사용한 것이어서
새로운 숨은 없으므로
지금 내가 쉬는 숨은 오래전 기합이다

한 사람의 숨이 멎었다면
한 사람 분량의 숨이 남아돌아서 떠돌아다닐 숨
숨과 숨이 어긋나야 숨이 이어져
숨차다는 말
그것은 숨이 한꺼번에 들어가는 숨에도
오르막과 내리막이 있어서
몰아쉬는 숨 헐떡거리는 숨은
고산지대의 사람들이 남기고 죽은 숨

악마의 피를 물려받을 순 없어도
악마의 숨을 물려받아
우리의 말투가 몸짓이 같은 이유에 쓰이는 것도
같은 숨을 돌려 가며 쉬기 때문에

같은 하늘을 이고 살기 싫다는 당신
숨을 나눠 마셔서 죽을 맛이겠지만

같은 병을 앓는 이유
타인과 타인이 사랑에 빠지는 이유
다 같은 숨을 쉬기 때문이다

반려 사물

부근에서 발견되었다
실종자와 동행했던 것은 할 말이 많다
주인을 흔들어 깨우는 것처럼 한동안 울리다가
도착한 카드 몇 통
경찰은 패턴을 풀고 측근을 골라내고
최근의 말과 과거의 말을 선별했다

거짓말 같은 참말, 뜸 들이다 놓쳐 버린 말
끝내 마주 보지 못한 말은
화학적 감정을 유발하는 보고 싶은 한 줄
내밀한 문장은 파장이 길다
비밀의 나쁜 적은 공개가 아니고 논란으로
이번 주는 신상 털기 주간
한 사물을 충전하면
실종자와 주소가 같다
폰 케이스를 자주 바꿔 주고
몇 시간씩 눈을 맞추고 터치했을 실종자
반려 사물을 대답으로 사용했을 것이다
밀어서 잠금이 해제되는 유서를 흘렸을 것이고
날짜를 저당 잡혀

끝에 가서 비상 탈출을 시도했을 것이다

진지하게 만들어져서 진지하게 버려진 사물

낑낑거리는 개처럼
벨 소리를 울리고 조용해졌다

조용히 하라는 쉬

밝은 전구 아래서 오줌을 누다 보면
몸에서 소리를 낼 수 있는 곳이
입밖에 없다면
귀가 가장 부끄럽다
쉬, 하는 소리는 몸의 부끄러움
전구가 나가면 부끄러움도 사라진다
그때 귀는 얼마나 환한 밝기가 될까
귀와 눈의 역할을 바꾸어
내 귀로 내 몸의 부끄러운 소리를 듣는다

벌컥벌컥 마신 물
잠깐 동안의 우물도 비워질 때는
그 어떤 것을 내보내기 위해 문을 여는 것
소리 줄기가 빠져나가는 동안 부르르 떠는 쉬,
몸의 부끄러운 곳에서 나온다
그래서 귀가 가장 부끄럽다

부끄러움은 하나의 입, 할 말이 없다
몸의 가장 부끄러운 곳
말하는 입과 닮아서

입을 봉한다는 것은 소리를 가두는 것
입을 닫고 있을 때
조용히 하라는 소리가 몸속에 쌓여
일어날 때보다 앉을 때 조용히 하라는 쉬,

오줌을 누면서 눈과 귀를 떼어 놓는다

감아쥐는 셈법

길이가 다른 숫자를 불러들이다 보면 안으로 감아쥐는 셈법은 주먹이 되죠 안으로 불러들인 주먹은 길이가 같아진 손가락으로 생김새가 비슷한 가족이라서 무조건 불러들이기만 했던 아버진 열 손가락이 넘는 생활고에도 물려받은 전답은 팔 수 없다며 3부의 이자를 물며 학비를 주셨죠

날수에 따라 이자도 다른 어느 해 손가락 길이가 다 다르듯이 아버지가 갚아 나가는 이자는 다족류처럼 늘어났죠 날수에 따라 오르내리는 주판의 근원은 주먹보다 손가락으로

고리대금업을 하는 돼지네 집에는 세어 놓은 주먹이 많았는데 모두 노란 고무줄에 묶인 주먹은 처음에 손가락으로 돈을 벌다가 나중에는 주먹으로 벌었다고 하네요

빚내서 가르치는데 공부는 잘되냐고 빈정거리던 돼지네 집에는 뒤를 봐주는 어깨들이 많았는데 툭하면 주먹이 튀어나왔다고 해요 한글만 겨우 깨우쳤지만 주먹 하나만 있으면 그 빠르다는 암산도 못 당해 낸다고 하는 주먹

빌려다 쓰면 주먹도 밥이 될 때가 있지만 주먹에 웃는
일보다 주먹에 울 때가 더 많았죠

모스크바의 바다

루나, 미안해요

당신의 뒤가 궁금해서 거꾸로 가는 날짜를 수집했죠
6구역 가가린 5구역 쥘 베른
중얼거리다 다다른 2구역 모스크바의 바다
당신의 앞뒤를 다 보고도 못 믿는 거짓말에서도
감기에 든 말투가 들리죠
음모론을 확산시키는 사람은 모두 감기에 걸려 있고
죽을 때까지 의심하는 영혼이 가는 모스크바의 바다
앞면은 진실한 곳이자 위선의 크레이터가 넓죠
언젠가 앞에서 뒤를 의심했던 적이 있고
뒤를 보고 앞이 설렜던 적도 있었지만
그건 모두 실눈의 안목이었죠
돌아누운 등을 보고 막연한 의심으로 찰싹 때릴 때
화들짝 놀라는 이유 다 의심이죠

루나, 아쉽군요

못 보면 죽을 정도는 아니지만
당신이 가는 속도로 우리도 어디론가 끌려가

해마다 4센티씩 멀어져서 놓칠 것 같은 당신은
뜨거운 한 방을 제대로 맞아 얼룩얼룩한 곳
아프리카라고 방점을 찍고
가뜩이나 어두운데 그냥 놔두기로 해요

•루나(Luna): '달'이라는 뜻의 라틴어.

상실을 품은 칼

백열전구를 더 이상 만들지 않는다고 한다
우리 집이 큰일이다

방마다 다른 촉수가 필요할 때가 올 것 같아서
조명 가게를 돌아다녔다

100촉짜리 전구를 철물점에서 사 오는 저녁
목련 나무에 걸려 있는 불 켜진 등이
알전구처럼 퍽 소리를 내며 떨어져
갈수록 좁은 곳을 밝히는 불빛이 사라지고 있다

내년 봄까지 쓸 전구를 사려고
목련 나무에게 백열전구 한 박스를 예약했다

멸종이 어디 전구에게만 있다던가

개 혓바닥 같던
문수 작은 신발 깔창 같던
며칠 동안 좁은 골목에 불을 켰던 꽃들

꽃들도 알고 보면 상실을 품은 칼이다

짧게 긋는 일 획

위에서 아래로,
왼쪽에서 오른쪽으로 긋는 끝에 불씨가 있다

대충 잡아도 열 가지 중에
칼과 성냥, 외상을 그으면서 카드를 생각한다
얼떨결에 긋고 온 카드가
한 달 뒤
할부로 돌아오는 그동안은 얼마나 지루한가

긋는다는 것, 그곳엔 불씨가 있고
잘못 표기된 문자를 긋는 수정의 흔적이
실뭉당이처럼 엉키는
가로축과 세로축은 짧게 끝나는 일 획이라서
막막한 손목을 내려다볼 때
손목에 긋는 가로축은 순간의 빗금이라서
오늘도 몇 번을 잘못 그었다
치명이 아니라서 평생을 흉터로 살아가는 기간,

답이 틀려서 긋는 것보다
답을 몰라서 그을 때가 더 많다

조심하든지 돌아가든지

이름이 그래서 그렇지
자기방어로 각을 세우고 있어도
맨 먼저 공격받으면 평면이 되고 싶은 곳
안쪽이 없고 바깥쪽이어서
외풍이 심한 방향의 사개를 맞추는 형식,
시작과 끝을 보여 주는 꽃들을 예로 든다면
피고 지는 두 개의 모퉁이만 돌아서 진다지만
그 두 개의 모퉁이를 돌아 나올 때
부딪히면 나만 아픈 줄 알았다
저렇게 모퉁이가 닳아 없어진 걸 보면
모서리가 더 아팠다는
구설에 휘말렸다면
그건 이름의 모서리가 닳고 있다는 뜻
가는 곳마다 빈번하게 맞닥뜨리는 존재들
경계의 대상이라서 돌아가야 할 외연으로
옹이보다 더 단단한 모서리
처음부터 저렇게 독한 모서리는 아니었다
빛바랜 상흔과 비명이 들어 있는 모서리
조심하든지 돌아가든지

미행당하고 있다

드러내놓고 따라다니는 평면의 동영상
재생 버튼이 화면보다 클 때가 있다

쉽게 손상되고 쉽게 복구되는 제 모습을
한 번도 온전히 드러낸 적 없는 그림자
빛이 자주 끊기는
흐릿한 화면은 일상을 재생 중이고
주연이 사라진 바닥은 하나같이 흐린 날씨
생존의 숫자만큼 중복의 존재들
자주 없어지는 어떤 사람처럼
어깨를 들썩이며 울 때가 있다
단잠에 빠져 코를 골 때가 있다

수십 년째 따라다니는 그림자
비밀번호도 없이 열리는 안쪽까지 따라와
몸주를 따라 들까불 때가 있는
관절이 생략된 횡포
자신을 잠시 잃어버릴 때 빼고
수십 년째 내 몸에 붙어서
검은 옷을 입고 따라오는 동물에게

미행당하지 않으면 오히려 불안해서
뒤를 돌아보면
일생을 미행당하고 있다

친절한 주소

답장은 봉투 속의 일이라서
옮겨 다니는 이름이 되지 않으려고
주소를 따라가는 우편물은 바쁘다

가끔 반송되는 우편물은
주소의 잘못이 아니라 부재하는 사람의 잘못
간단한 주소보다 긴 주소라야
정확하게 찾는다는 원칙은
꼬리처럼 추문처럼 사람을 찾아다닌다

오늘 몇 사람이 회신처럼 불려 가고
이름 없는 주소를 핑계로 도망 다니는 일을
잠결에 텔레비전에서 들었다

주소를 만들어 놓고 한 주소 밑에
여러 사람이 살고 있는 등본을 떼어 보면
같이 살다가 떠난 사람을 찾기란 쉽지 않아서
우편번호를 쓰고 우표를 붙여서
인편에 배달하는 예의
답장보다 먼저 읽어 보는

보낸 이름과 주소는 자세한 친절

그 어떤 부재를 만나도
일렬의 궤적을 갖고 다시 돌아오는
교통범칙금 과태료 대출이자 고지서는
필체가 나쁜 내가 나에게 보내는 과잉 친절

스톡홀름 증후군

태어나는 순간 인질이죠
인질범에게 인질은
돌파구이자 협상 테이블
이 관계가 오래되다 보면
반려가 되고 혈육이 되어
가족이라고 부르기도 하죠

천적을 상대하려면
천적과 겨뤄 봐야 아는데
천적은 먹고 먹히는 관계라서
무의식중에 내뱉는 죽을 것 같다는 말
그 말에는 고통과 쾌락이 동시에 들어 있는
식물의 성욕은 동물보다 강해서
벗어날 생각은 벗어날 수 있을 때 하는 것

한라푸른부전나비
천적인 맵시벌을 피해 다니다가
얼떨결에 가시엉겅퀴꽃에 앉고 말았죠
최면 상태에 들게 하는
자주색 붉은 꽃잎 하나하나가

바늘방석인 줄도 모르고
달콤한 꽃술에 걸려든 나비
진짜 사랑 한 방을 맞은 거죠
그날부터 엉겅퀴를 사랑하게 되었죠

기다리는 시간만큼

성별도 국적도 따지지 않고 자리를 내어 주는
민간 기구 같은 의자들
첫차와 막차 시간을 기억한다

서성거림은 어느 순간을 찾아가는 불규칙한 착석
처음 앉는 사람에겐 차갑지만
비스듬한 등받이의 배려로
앉아서도 바쁜 의자
마중과 배웅만 쏙 빼내면
다시 빈자리가 되기 위해 삐걱거리며 낡아 간다

마중과 배웅 사이로
허겁지겁 달려오는 시간들 지루한 연착들
모든 시간은 정해진 약속을 향해 달리고
약속을 넘어서면서부터
연착으로 놓친 차편 사이에 의자가 있다

기다리는 시간만큼 앉아 있어도 되는 의자
기다리는 것은 수행과 같아서
화장실도 안 가고 앉아 있는 의자

사람을 닮았으면서 사람이 아닌 사람
옮기려고 잡아끌면
소리로 저항하는 무정부주의자들

한철 내내 굴러다니는 지구

지구의 측면을 두드리면
텅텅거리는 응답을 보내온다

역적도 아니면서 온몸으로 칼을 받아
한 번에 쩍,
잘 익은 여름이 반으로 갈라지는 수박 시대
여름은 약속을 지켰다

한철 내내 굴러다니는 지구
칼끝에서 벌어지는 지구의 단면을 보면
까만 소혹성들이
숨은 그림으로 박혀 있는
만월을 잘라 조각달로 건네는 여름밤
손끝에 뜨는 적월(赤月)을 들고
퉤퉤 까만 밤을 골라 뱉는 여름엔
누구의 입에서건 중력이 생긴다

칼끝에서 지심을 보는 계절
얼룩무늬 지구가 팽창한다
천문학적 비율로 축소된 닮은꼴인

갈라진 수박 속에는
지구공동설 같은 붉은 의견과
덜 익은 의견이 하나둘 들어 있는
지구와 비슷한 수박의 적도
지구의 보호색 같은 색깔이
사람 몸에서 희석되는 여름 저녁

낮잠

낮잠은 밀린 잠의 이자
자꾸 잠의 빚을 진다

떨어지지도 달아나지도 않는 잠
매일 갚아도 원금보다 늘어나는 이자

잠이 들어서도 중얼거리며 갚는 중이다

토마토 공방

   밤이 계속되면 토마토를 잘라요 당신도 알겠지만 토마
토에는 천 개의 태양이 있죠 토마토가 일제히 폭발하죠 우
샤크 지방에서는 토마토를 정확하게 반으로 자르는 소녀
가 아름다운 신부가 된다는 전설이 있는데요 토마토에는
힘줄처럼 숨어 있는 뿔이 있고 양의 피로 녹슨 철로 잘 쪄
진 담뱃잎으로 꽃과 이불과 아름다운 혼례품을 만드는 소
녀들은 토마토를 자르며 초경을 시작하죠 당신도 알다시
피 손끝에서 붉은 피가 쏟아지죠 붉은 피는 다시 태양으로
폭발하고 뿔로 자라고 양의 피로 녹슨 철로 붉은색을 다
쓰면 바람이 남아요 바람은 무늬가 되고 매듭이 되고 칼
이 되죠 소녀들은 칼에 익숙하죠 밤이 계속되면 토마토를
잘라요 당신도 알겠지만 토마토에는 천 일의 태양이 있고
소녀들이 일제히 밖을 내다보고

옮긴 이의 말

더운 나라를 통째로 들고 오는 사람
정글을 헤맨 생채기가 있고
사막을 헤맨 신발이 닳아 있다

이쪽 말과 저쪽 말을 옮긴 이의 말
한 권의 말을 이쪽으로 옮겨 올 때 뜨거운 말들은
잉크를 빨리 닳게 할 수 있고 말들마다 얼굴을 섞거나
흐릿한 말들이 표정 짓고 있는 시차가 있다

더운 나라에서 추운 나라로 옮겨 와 살고 있는 말
큰 상인이 비를 헐값에 넘길 때
활엽수림의 톱톱한 흙냄새를 원본으로 삼은
행간에 그어지는 빨간 줄
의미를 고르면서 날짜변경선을 넘는 불면의 원인과
감기 든 말들도 그대로 옮기는
오래전에 묵은 말들을 어디든지 옮기는 이가 있다

사라진 말들 풀리지 않는 말들을 옮기려면
해독이 불가할 때 쓰는 말줄임표
밑줄 치거나 따라 쓰지 말기 베껴 쓰지 않기

결말이 멀어 낱장으로 접어놓거나
읽지 않고 덮는 짓은 더욱 하지 말기
미처 요약하지 못한 한 줄을 놓치고 말 테니까

속수무책으로 부는 바람

경고 문구에 독이 들어 있는 사막
불구의 나무를 옮기는 바람의 공법으로 만들어지는
초승달 모래언덕
바람의 등뼈 바람의 방향이다

속수무책으로 부는 구부슴한 바람
어떤 무늬의 좋은 재료가
속수무책으로 새겨지는
낮 동안은 여름 밤 동안은 겨울
무엇이든 묻을 수 있고 옮길 수 있는 바람이
이동시키는 모래 파도
물고기 떼로 오인하여 수두(水頭)로 향하는 밤
지체 높은 사람을 태운 하우더
낙타 기차가 지나갔나 보다
바람결에 이방인의 언어가 어지럽게 흔들리고
낙타의 방울 소리가 모래 파도에 밀려갔나 보다

거대한 여백,
한 사람의 발자국을 발견했다면
집요하게 추적하여 모래 속에 묻어 버리는

사막을 건너는 바람과 다듬는 바람
나침반 자침이 바람의 방향을 가리키자
안식각을 이루는 해상도 높은 바르한

●하우더(howdah): 낙타 등에 가마를 얹어 타고 가는 운송 수단.

개인별 오아시스

사막에서 무릎 꿇는 경배가 폭염이다

마을을 끌고 이동하는 정착은
낙타를 인도하는 때 묻은 두 손에서
울먹거리며 넘어가는 오아시스
내가 나에게 떠먹였던 최초의 우물이다

우물 만들기에 가장 빠른 손
햇살을 가리거나 물의 방향을 가리킬 때도
신기루처럼 사라지는 게 아니라
손가락 사이에 셈법처럼 숨어 있는 물
꽉 쥐어도 아파하지 않는 물
어쩌면 못 견디게 아파서
손가락 사이로 빠져나가는지도 모르지

우물 만들기에 가장 좋은 손
갈수기와 풍수기를 거치면서
갈라졌거나 잠겼었던 두 손은 잠깐 동안의 우물
급한 대로 울먹거리며 넘어가는 오아시스
내가 나에게 떠먹였던 최초의 우물이다

제2부

사과는 용서받을 때까지

어디쯤에서 잘못한 일로 발갛게 익어 가는
늦여름부터 가을까지
사과해야 할 일들과 사과 받을 주소들이 많다
세시풍속이 그렇듯 포장되고 배달되는 사과
두 손으로 쪼개기는 힘이 들어서 깎아야겠다
길에 서서 대충 받은 사과까지 동그랗게 깎아야겠다
잘못한 일이 많아서 풍년이 들었다는 사과가
북상 중이라는데
부담 없게 사과할 때는 한 상자를
해묵은 사과를 할 때는 사과나무 한 그루를
식목일 전에 보내는 것도 좋은 사과지만
추신으로 단맛을 적어 보내면 더 좋은 사과
꽃에서 나왔으니까
꽃을 버린 기억으로 스스로 붉어지는 사과
사과는 사과를 갖고 하는 것도
입이나 손바닥으로 하는 것도 아니다
사과하고 싶다면
깊숙이 들어 있는 멍을 풀어 주고 싶다면
용서받을 때까지
늦가을 사과나무처럼 서 있어야 한다

먹낭 또는 먼낭이라는 나무

처음 본 사람마다 이름을 물어보는 나무
멀리서 보면 나무지만
가까이서 보면 닦아 주지 못한 눈물,
나의 안쪽이 시려 오는
저 나무의 이름은 먼 나무
한때 금기였던 붉은 울음

불어오는 바람을 맨몸으로 맞았던 그날
절명으로 핀 꽃들에 이름을
그날도 누군가가 불렀을 것이고
대답 대신 목을 늘이고 두리번거렸을 나뭇잎들이
절명에서 핀 꽃들을 울음으로 불렀어도
멀수록 육지라고 부르는 섬에 갇혀서
파도 소리만 냈을 것입니다
그래서 여전히 부끄럽습니다

새들의 식성에 따라 옮겨지는 붉은 열매
가까이 보면 치열한 기록으로
하나가 울면 다 같이 울었던 그날
처음부터 울음이었던 먼 나무

우리 사이에 서 있습니다

새가 좋아하고 당신이 좋아하는

새가 좋아하고 당신이 좋아하는 사과
새와 당신을 바꿀 수 없다고 거짓말할 때
새소리를 들을 수 있죠

새는 단맛에 익숙하고
당신은 진실에 가까운 거짓말을 할 때
사과는 가장 맛있죠

사과 중에 가장 큰 사과는 지구라는데 따기가 힘든가요
꼭 그렇지만은 않아요

거짓과 진실의 업적으로 익어 가는 사과
3D로 보면 코앞에서 떨어질 때도 있고
낙하지점을 잘 찾기만 하면 한꺼번에 떨어지는 사과
아무것도 안 하는 우리가 따죠

새가 좋아하고 당신이 좋아하는 사과
새와 당신을 바꿀 수 없다고 모처럼 진실을 말할 때
거짓과 진실의 중간에서 사과가 떨어지네요

새가 떨어뜨리고 당신이 떨어뜨리는 사과
단도를 찔러 넣어요
당신은 오른쪽에서 왼쪽으로 사과를 돌려 깎고
사과는 지구처럼 돌아 사과 속으로 낮과 밤이 오고
당신은 칼을 탁자 위에 내려놓네요

새는 가지 위에
새와 나를 바꿀 수 있다면
사실을 말할 때 새소리를 들을 수 있다면
당신을 떨어뜨릴 수 있다면

오늘 저녁은 고양이 식성으로

너의 입맛으로 생선을 고를 거야
긴 수염이 달린 촛불을 켤 거야
후식으로 발바닥을 핥을 거야

말끝마다 발톱을 숨기고 사람을 피하는 방법으로 생선을
물고 도망갈 거야
쥐만 먹는다는 편견은 쥐의 꼬리 맛, 아주 우아하게 아주
외롭게 먹어 줄 거야

목이 말라도 좋아 포도 빼고 초콜릿 빼고 다 좋아

발정을 위하여 야옹

내 눈이 껍질 벗긴 포도 알 같다는 말, 렌즈를 꼈다는 말을
듣고 포도를 먹다가 뱉었어

나를 보는 너의 눈동자가 잠시 뜨거워지는 동안 도시는
충분히 어두워
구름의 속도로 가는 달을 보면서 야옹,

현관을 바라보는 두개골이 작다고 외로움이 적은 건
아니야

웃는 걸 잊어버려서
깊숙이 들여다보는 습성으로
윙크한다는 오해보다 나비라고 불러 줄 때보다
엄마 아빠 놀이가 더 좋아

오후 3시에 할 수 있는 일들

은밀한 약속을 좋아하지만 비밀은 싫어요

빨간 구름 카페에서 만나자고 한 약속을 파란 구름 카페로 알고 파란 바지를 입고 나가요

권총을 보고 보급형 굴뚝이라고 우긴 적이 있어서 권총을 싫어하지만 보급형이라는 말을 특별히 좋아하는

오후 3시
비밀을 생산하기 좋은 시간

꼬리치레개미 뒤를 쫓아가요 땅콩 껍질이 붙어 있는 펩시콜라 캔이 발 앞에 와서 멈춰요

진실에 가까운 거짓말을 잉태하는
오후가 어둠 쪽으로 머리를 틀어요

어둠은 쫀득한 젤리처럼 올 테죠 잠을 일시적 검정으로 고쳐 보는 어둠의 색상표 올이 나간 스타킹 같아서 어둠 한 올을 버려요

추가할 수 있는 목록 중에 보급형 부사를 버려요
　사과 중에서도 부사를 좋아하지만 난 아직도 안녕하지
못해요

　길가에 버려진 차창 속으로 뒷모습이 걸어가는
　오후 3시 사전을 펴기로 해요

부정어를 찾다가 해가 지는 습관을 볼 때가 있어요

재건축에 관한 흉내문어의 견해

알바를 해도 엄마를 졸라도 안 되면 대출을 일으켜 바탕화면을 바꿔 주는 건축주와 상담을 해요

성형은 기본 턱관절 다듬기는 도덕이라는 건축주, 난공사라고 하더니

몇 시간 만에 새로 만들어 놓고 처음엔 다 이렇다는 건축주의 말에 안심을 해요 못 알아볼 것 같다는 엄마보다 잘되었다고 말해 주는 친구가 더 좋아요 다음 달에는 내가 친구에게 잘되었다고 말할 차례

여름벌레가 얼음을 얘기해도 난 거울 보기가 좋아요 거울에게 누가 제일 예쁘냐고 물어보면 거울은 뜸을 들이다가 털갈이를 자주 하라고 하죠

바탕화면이 마음에 안 들 때마다 코나 눈이나 턱을 바꾸는 흉내문어

안 본 용은 그려도 본 뱀은 못 그려요

친소원근(親疏遠近)의 종적(縱的) 집합

　죽음의 안쪽을 들여다보면 몸보다 큰 치수의 옷을 입고 다른 곳에서 자는 외박이다

　지극한 성의로 포장되는 죽음은 일시적 검정
　소란스러움 또한 오래가지 않는 죽음의 둘레, 죽음의 주소, 죽음의 이웃을 모르는 우리는 죽음의 후손들

　일목 정연하게 적혀 있는 죽음의 목록을 둘러앉아 보았다

　죽음의 갈래를 거슬러 올라가 죽음의 뿌리를 읽을 수 있는 족보는 수백 대를 이어 온 종씨(宗氏)의 집합 살아 있는 사람보다 죽은 사람의 수가 더 많다

　으스스한 목록을 숭배하고 간직하는 몇 권의 족보는 집합이다

책허파로 호흡하는 절지

그물 무늬로 얽어져 있는 이 식물은
먹기 전에 독을 주입한다고 곤충 도감에 적혀 있다
대부분의 줄기 식물은 씨앗을 관통하지만
저 줄기 식물은 다리가 많은 몸을 지나서 온다
몸을 지나서 온다는 것
생각해 보면 다 질기다
투명한 몸의 소리를 듣는다는 것
빗방울 소리는 신발 뒤쪽을 들게 하지만
일기예보는 거미줄에 촘촘히 달려 있다
어느 날엔 비행운만 걸릴 때가 있어서

뜻밖의 아름다움을 보았다

환영식은 길지 않았다
관절을 접은 사체가 덜컥 죽음의 오후를 지나고 있다
무성영화가 상영 중이다
화분도 없이 꽃이 옮겨지는 시간이 있다
물을 주는 사람도 없이 줄기는 질긴 식물이 된다
줄기가 말라 가는 동안을 불면이라 부르는 거미
몸의 울음까지 먹어야 불면은 가라앉는다

몸을 지나서 온다는 것
몸을 지나 다른 몸의 아름다움을 먹어 치운다는 것

비는 갑자기 쏟아졌다

뜻밖의 고요

잃어버리기 쉬운 물건

펴지면서 꽃이 되는 박쥐우산

번개를 품은 구름의 심장박동 소리에 놀라 접혀 있던 우산이 펴지는 소리

겨울이 우산의 수축기라면 장마는 팽창의 시간

오전에 펴진 우산이 정오를 지나면서 잠시 접혔다 우산은 오후의 방식으로 다시 펴지는 장마의 심장

비가 그치고 햇빛의 순서가 덥다
그때 우산은 물의 씨앗을 배고 접혀 있다

쉽게 접히고 쉽게 펴지는 뼈를 가진 우산 젖은 신발 젖은 그림자를 씌우고 한 달 간 살다 가는 우산

빗방울 소리를 씨앗으로 간직한다

떨어진 꽃

좁아터진 구두 속을 걸어 나올 때
너의 손이 씻기고 말려서
페디큐어를 하거나 발찌를 채워 존중해 줄 것

좀 더 공경한다면 발을 넣어 두는 가장 따뜻한 상자
구두를 관이라고 해서 나는 울었어

죽은 사람 얼굴을 쓰다듬는 손은 많지만
발은 외로운 곳
그러므로 나는 당신에게 줄 모욕을 간직하겠어

머리카락보다 더 끝자리에 네가 그려 준 조팝꽃
십일월을 지나지 못한 조팝꽃

모든 발자국은 땅에 떨어진 꽃이다

강물을 물고기로 보면

바람이 불어오는 쪽으로 강물을 읽고 있다
언제나 제자리를 지키는 물살
하루 종일 읽어도 한 페이지도 넘길 수 없는
수만 개의 문장 수만 개의 기호들이
반짝거리고 있는 강물에 낚시를 담그고 있을 때
사람의 시간을 버리고 물살의 시간으로 있는
분침도 시침도 없는 시계가 좋다
물고기의 비늘은 고정된 초침이라는 듯
파닥거린다

하루 종일 배 한 척 지나가지 않아도
잠들지 않는 강물을 물고기로 보면
꼬리지느러미가 위쪽에 있는 강물은
스스로 먹이를 구해서 먹는 어종이 아니다
누군가 던지거나 떨어뜨린 것만 받아먹는 강물은
흙탕물 가득한 잡식성

강 밑바닥을 보면
다음 장이 없는 질척거리는 한 페이지의 책
물속으로 던진 누군가의 반지

자음과 모음이 무수히 빠져나간 키보드
유속과 폐타이어와
아직까지 발견되지 않는 익사체

흘러간다고 다 흘러가는 것은 아니다
낚싯바늘에 걸려 올라오는
빈 신발

고고학자들이 말하는 치료의 시간

죽음을 여는 붕대를 풀어 보면
차렷 자세의 잠을 독처럼 사용했을 사람
한때 거대 집합체를 다스리며
가진 것을 섞고 살았을 저 사람은
직간접 사인을 갖고 있는 사막의 건생동물
홍수가 잦은 카룬 호수 바닥에 뉘어 놓으면
다 빨아들이지는 못해도
홍수 조절은 할 수 있었을 텐데
미래를 몰랐기 때문에 죽음을 밀봉해 놓은 붕대가
나선 모양으로 한 겹씩 풀릴 때마다
육천 년의 잠이 드러나는 붕대의 길이
고고학자들이 말하는 치료의 시간이다

죽음을 여는 첫 번째 기호 붕대,
추리를 좋아하는 상처 부위의 가장 좋은 방부제는
애면글면 속 썩는 창자를 꺼내는 것
감정이 있던 장기들을 다 꺼내고
속 썩는 일이 없는 표본을 판매했으면 좋겠다

붕대 하나로 어떤 병 어떤 아픔을

육천 년 동안 감고 육천 년 동안 풀 수 있으면 좋겠다

육천 년의 상처를 완벽하게 치료하는 붕대
역사 연표 곳곳을 붕대로 감았으면 좋겠다

며칠째 식물 수업

꽃은 높은 곳,
로제트 식물은 꽃보다 낮죠

로제트를 빨리 쓰다 보면
꼬제뜨라고 쓰기도 하는데요
주목하는 곳은 늘 비어 있죠
꽃이 왜 흔들려야 하는지 과정은 생략해요

꽃이 핀 방향과 각도를 흰 분필로 그려 보면
꽃은 달랑 한 줄일 수도 있죠
꽃은 칠판에서 피는데 아무 데도 없다는
선생님 말씀을 의심해요
식물의 피는 어지럽다는 질문을 생략하면
풍경은 언제나 밖에 있지만
베인 자리거나 상처에서 나온 피에 가깝죠

언젠가 도로에서 흩어진 피를 본 적이 있죠
흔들리지 않도록 며칠째 포장되어 있었죠

고쳐서 그리는 꽃, 삼가 조의를 표할까요

저항 없이 핀 꽃은 사라지고
칠판에 또 하나의 꽃을 그릴 때 비가 내리죠

우리는 창밖을 봐요
비는 창밖에서 내리고 꽃은 칠판에 있고
아직 수업은 끝나지 않았어요

화단처럼 하얀 꽃들이 가득해요
비는 창문 밖에서 내리는데

우주여행자 신분

어떤 때는 반달 어떤 때는 만월
일 년 내내 공짜로 보는 여행 중에
내리는 사람도 없었고
행복하다는 사람도 드물었다

더웠다 눅눅했다 추웠다
그래서 초속 30㎞로 가고 있는 지구
아무것도 하지 않고 가만히 있어도
하루에 4만㎞를 갔다 오는 지구
정차할 곳이 마땅하지 않아서
태양 주위를 반대로 도는 우주선 안에서
여행 중에 태어났으며 여행 중에 아이도 낳았다

일 년에 한 번
조팝꽃을 보는 사월 말이 우주여행 성수기
손부채를 하고 창밖을 볼 때
여행 중에 죽는 사람들 태어나는 사람들
일주일 전의 맛집을 오늘 또 들르는
어제의 집을 한 달 전에도 일 년 전에도
같은 집을 두고 그저 매일 들르며

우주의 한 귀퉁이에서
랑데부를 하고 있는 지구의 미래는
늦게 태어나는 사람들이
50억 년을 여행하고
마지막 우주의 나이로 죽는 사람도 있겠다

신나는 곳이 끝나는 곳

돌진한다는 말은 버스의 말,
신호등과 차선을 따돌리고 신나는 일들로 조립된 진행

달이 가는 속도로 매일 여행하고 있으면서 달을 따돌리
고 태양계를 따돌리고 성간을 신나게 지나가는 보이저호
처럼 여행을 목표로 지구에서 주인으로 살아 봤다는 누구
는 소풍 누구는 세입자

즐거운 소풍이라고 하는 풀밭도 택시의 뒷좌석도 주인을
기다리지만 종착지는 아니다

종착지란 신나는 곳이 끝나는 곳

우린 떠나고 있다

당신은 나에게서 나는 당신에게서 더 이상 갈 곳 없는
곳으로

제3부

타래실

잘 감기고 잘 풀린 적이 없어서
잘 감기고 잘 풀리려고 삼천 원을 주고 샀다

팔삭둥이에게 명줄 길라고 걸어 주었던 타래실
엄지와 검지 사이에서 천천히 잘 풀릴 때
엄마는 나를 당신 쪽으로 감고
나는 엄마를 향해 천천히 풀었던 실의 시간
그때 나만 하던 아이 손에 걸어
풀리는 시간과 감기는 시간을 실패에 감아야겠다

감아야 할 일도 풀어야 할 일도
엄지와 검지 사이에서 풀리는 궤적을 따라가
끝을 보는 맨손과 실패의 관계
실이 한 올씩 풀릴 때마다 실패는 부풀고
그동안의 실패가 둥글어지는 집 안을 뒤져 보면
아직도 몇 개의 실패가 있다면
실패에 감기지 않아 실패를 모르는
실패를 기다리는 실이 집 안 어디에 있을 것 같다

선물에 대한 오해

자정 무렵 선물을 넣고 가는 사람은 잘 모르는 사람
몰라야 되는 사람
기뻐할 아이를 잘 알아야겠지만 정작 그 아이를 모르는
사람

문밖에 걸려 있는 양말 한 짝
선물은 발가락 수를 가리지 않고
양말 속으로 들어간다

착한 아이만 선물을 받는다는 거짓말

나는 나쁜 아이였는데 선물을 받았고
양말을 뒤지는 사람이 아닌
그 양말에 선물을 넣는 사람이 되었을 때
나쁜 아이도 선물을 받는다는 오해 하나가 풀리는 일

빨간 모자가 돌아다니는 집집
조용히 방문을 닫는 집집

누구에게 무엇이라도 받을 것 같고 줄 것 같은 그 무렵

착한 사람만 선물을 받는다면

한꺼번에 웃는 사람
한꺼번에 우는 사람

한 번쯤 울었던 맛

그때 느꼈을 것이다

냉온을 번갈아 맛본 혀는 양면성을 그때 배웠을 것이다

들이민 협박성의 맛에 길들여져서 추운 날일수록 불어서 먹는 뜨거운 맛, 최초의 윽박지름이 그리울 때

대부분의 열매들은 뜨거운 색깔이거나 차가운 색깔이지만 불을 몰라서 신맛과 단맛이 들어 있는

이 맛 좀 볼래!

가끔은 뱉어 낼 수밖에 없는 혀,
씁쓸한 맛과 뜨거운 맛 그래서 입속은 불안한 곳이거나 쓸쓸한 곳 그렇다면 기침과 휘파람은 온갖 열매들에게 배워

웬만한 협박인 매운맛 뜨거운 맛은 후후 불어서 식힐 줄 아는

이런 맛들은 한 번쯤 울었던 맛

맡겨 두었던 슬픔

껍질을 벗기면 차가운 바람이 훅,
겨울 동안의 슬픔이죠

겹겹이 된다는 것, 오래 참고 참았다는 뜻으로
나를 벗기지 말라는 말엔
당신을 먼저 울게 할지도 모른다는 말

한 칼에
몇 겹의 옷을 한 번에 벗는 양파 속에는
당신이 맡겨 두었던 슬픔이 있죠
여러 겹의 옷을 입고 있는 나를
강제로 자르지 않는다면 당신은 슬프지 않아요

아삭거리는 식감을 탐내는 당신,
나를 함부로 먹는다면 당신은 속이 쓰릴 수 있어요

뽀얀 눈물은 나를 그냥 두라는 말

오히려 당신은 당신의 손버릇에 부끄러워 울 수도 있
지만

나를 그냥 놔둔다면
당신이 맡겨 두었던 슬픔 때문에 울게 하지는 않아요

어휘가 긴 눈웃음

가로의 표정으로 입 없이도 웃는 웃음은
가장 오래된 약식 기호
가끔 다른 시선과 교환되기도 한다

입과 웃음을 나누고 티가 확 나는 것이 목적인 눈웃음
깜박이는 눈꺼풀과 깔깔거리는 풍경 밟히지 않는 꼬리가
있다

하품 끝에 흥건한 눈물을 세는 방울과 줄기를 흘러넘치
게 하는 눈꺼풀 속에

충혈은 뼈 없는 주름

양파를 까거나 누군가를 흙으로 돌려보내야 할 때
눈은 눈을 쉽게 지우지 못한다

거울도 따라 웃게 할 수 있는 눈, 울을 만해서 웃고 웃을
만해서 우는 어휘가 긴 눈

눈꺼풀을 닫거나 들어 올리는 가장자리에서 가장 안쪽

을 쏟아 내는 눈웃음은 다정이 들어 있는 난처한 응시

　　꼬리 칠 때 편하도록 짧게 진화된 꼬리
　　육질로 되어 있으나 내장이 없다

살만 빼면 다 빨래

손과 발을 떼어 놓고
한 통 속에서 돌았던 토르소들
막 섞여도 근친이 아니어서
비난받을 수 없는 옷

입고 있다가 젖으면 다 빨래다

스스로 물살의 시간을 견뎌 온 빨래
뼈가 없어서 쉽게 구겨질 뿐,
이 세상에 마르지 않는 빨래는 없다
마르면서 줄어드는 품보다 기장,
작년에 입었던 옷이 감쪽같이 줄어드는
빨래의 연대를 거슬러 올라가면
개발이 덜 된 지역에서는
아직도 빨래를 개 패듯이 팬다고 한다
투쟁과 저항이
방망이질에서 유래됐다는 설은
덜 마른 빨래를 두드리는 눅눅한 고백으로
아이 셋 낳을 때까지
주면 안 되는 날개옷도

입고 있다가 살만 빼면 다 빨래다

새 을 자 누드 옷걸이

걸리면서 마르는 옷
뼈만 남기고 다 벗기면
너무 마른 삼각형이 나온다

옷은 목부터 입는데
맨 목일 때가 있는 삼각형
얼굴만 내밀고 있는 백조 같아서
걸어 놓는 것이 아니라
입히는 것이어서
어깨를 빌려 주는 속마음이 있는 옷걸이
옷의 속마음을 걸어 두기엔 별 무리가 없지만
옷의 속마음이 다 걸리는 것은 아니다
가슴과 엉덩이를 가리는 옷은
마른 후에도 걸어 놓기보다
서랍이나 박스 속에 접혀 있는 것처럼
나도 태중에서 접혀 있었지만
이 세상에 올 때는 맨몸으로 왔으니까

수시로 옷을 입으려고 하는
옷걸이를 닮은 삼각형이

내 몸에도 한두 군데 있다

공회전 중인 사회위

위가 하나뿐인 종
내부가 서늘한 상자를 발명했다
손잡이를 중심으로 열린 내부에는
열대 지방과 한랭 지역에서 온 것들로 차 있어서
스스로 소화시키지 못한다

계절을 저장하거나
며칠 지난 입맛이 윙윙대는 지루한 정체
부패의 속도로 따뜻한 음식을 식히는 칸칸마다
만년설의 한 귀퉁이를 채워 넣는 시간
죽은 것들이 지독하게 정체되는
냉동실을 뒤지면 매머드의 갈빗살과
이누이트족이 물범을 겨누는 총구의 오른쪽 눈알
팔부 능선에서 돌아오지 못한
어느 산악인이 석양을 바라보면서
지금도 졸고 있을 것 같은 영원의 시간
영하 18도로 흐르는 지난여름이
감쪽같이 임계온도로 얼어 있다

좋게 보면 구황 사물인 사회위

갈수록 소음이 심해져서
하루에도 몇 번씩 제 소리에 놀라는 요즘
영하 18도의 정체 구간에서
위가 하나뿐인 공간 구성원들에게
죽은 것만 공급 중인 사회위는
전원이 나가면 상할 수가 있어서
공회전 중

●사회위(社會胃): 개미에게 있는 두 개의 위 중 하나.

유령 위장

숟가락 없이 먹는 밥

먹고 또 먹어도 배가 고픈 위는 무엇으로 배가 부를까
처음부터 음식을 모르는 위가 아닐까

숟가락을 멀리 잡고 서성이는 시간은
어떤 끼니의 시간에도 둘러앉지 못했다

어느 끼니의 시간을 찾아가야 배가 부를까

어딘가에 한 자리 비어 있을 것 같은 한 번도 둘러앉지
못했던 식탁을 찾는 위, 여전히 허기가 드는데 숟가락을
보면 만찬이 빠진 만찬의 흔적이 있다

숟가락 없이 먹는 밥
먼 대(代)를 거슬러 올라가면 행려가 있다

한 끼를 건너뛴 허기와 만성적 허기는 기울기가 달라
먹고 또 먹어도 배고픈 유령 위장은 처음부터 포만을
모르는 위

불룩한 적도쯤에서 위가 둘인 미라를 발견한다면

물질적 특권의 숟가락

음식과 입 사이를 옮겨 다니는 숟가락은
경제지표의 산물이지만
어느 부유한 왕조는
아직도 맨손으로 밥을 먹고 악수한다

세계에 절반이나 되는 사람들은 숟가락 없이도 살지만
흘리지 말라고 꾹꾹 담아 먹으라고
숟가락질을 가르쳤다면
끼니와 허기를 잊지 말라는 형편을 빗대어
그 집 숟가락이 몇 개인지 안다는 말
어느 집은 숟가락이 너무 적어서 알려지고 어떤 집은
식구 수마다 넘치는 숟가락을 갖고 있어서 알려지지만
금수저만이 흙수저를 취미로 가질 수 있다

입보다 먼저 맛을 보는 숟가락
닳거나 부러져도 쉽게 버리거나 바꿀 수 없는
한 개의 수저만으로 살아가는 사람들
가끔 이빨과 부딪치는 빈 숟가락질 소리
문제는 목구멍이 아니라 숟가락

신이 유일하게 쥐여 준다는 숟가락
한 숟가락의 밥을 오래 씹으며
내 입이 축낸 숟가락을 생각한다
양손에 숟가락을 드는 일은 없겠지만
화수분처럼 밥이 보장된 숟가락은 분명 있다

잘 풀리는 사람들

단단하게 집 한 채를 뭉쳤다는 지인의 집에
잘 풀리는 집을 사들고 갔다

어떤 날은 30m, 어떤 날은 50m씩
고성능 전파 탐지기로도 잡히지 않는 우주로
풀려나갈 것이다

지구의 뒤처리로 쓰러트린 나무들
우주를 향해 자라는 발사체들처럼
잘 풀리는 집일수록
동그란 휴지심만 남는 지구의 밑은
부드러움에 익숙해져서
더 부드럽고 더 향기로운 것을 찾는 요즘은
두 겹보다 세 겹을 선호하는 추세

한 모숨씩 박음질된 숲을 풀어 찢을 때마다
일 년 내내 꽃향기가 나지만
어떤 나비도 날아오지 않는 숲을
식구 수대로 매일매일 잘 푸는데
꼬였다는 것은 어딘가가 뭉쳤다는 것

뭉쳐진 것이 풀리기 전이라면
미래는 잘 풀리는 사람들의 것이다

완벽한 모습

스스로 보는 법을 모르는 실체는
허상에서 다듬는다

닦을 수 있다는 위안,
혼자인 것 같지만 허상과 실체가 마주 보는 것
내가 둘인 것을 아는 거울, 나와 또 나를 데리고 논다

파푸아뉴기니 비아미족은 1970년대까지도
거울을 몰랐다고 한다

웃는 얼굴과 우는 얼굴이 물에서 나왔다고 믿었다
물의 머리를 땋고 물의 치아를 닦고 얼굴을 바꾸려고
자신들의 얼굴에는 물고기와 날벌레의 파문이 있다고
믿었다

여름옷을 입고 있는데
거울이 깨지면 겨울옷을 입고 있는 허상
오른손으로 열고 왼손으로 닫고
방향을 교차하면서 숨어 지내는 불운의 유효 기한 7년
금이 간 채로 마주 보는 두 명이 한 모습인 거울

문을 닫는 허상은 다 왼손잡이다

고클린 다운로드

묵비권을 행사할 수 있으며
지워지거나 복원될 수 있으며
알약으로 치료될 수 있는
밤하늘을 부팅하는 데 5초

오르트 구름 속에 어제 뜬 별
새우깡을 먹지 않는 새집이라고 부르고 싶지만
휴지통에 쏙 들어갈 수 있는
직박구리 찌르레기 여치도 별이라서
별과 별 사이를 좁혀 한 방에 들어가려고
밖으로 쏙 빼놓은 바로 가기가 있다

하지로 넘어가는 자정 무렵
허리가 잘록한 모래시계별이 버퍼링 중
질량이 높은 별을 휴지통에 버리는 데 3초
행성 간 거리 순으로 혹은
발견된 연대별로 정리하다 보면
치료 중인 별과 휴지통에 버려지는 별 중에
영구 삭제되는 별이 있다

바탕화면 다듬기는 수시로 하는 일
아껴서 보려고 밤하늘을 잠시 꺼 놓았다
우주 최적화로
오염된 별들이 정밀 검사를 받는 중

봄날의 팝콘

꽃들이 필 준비를 했지
들들들 지구가 돌면서 예열되곤
뻥이요!
활짝 핀 꽃송이들이 일제히 폭발했지
떨어진 꽃에서는 단맛이 나고
작고 딱딱한 봉오리에서
기억하라고 슬며시 가는 봄
순서를 기다리는 옥수수
들들들 자전하던 기계는 멈추고
어떤 아이는 뻥, 어떤 아이는 펑, 이라고 하지만
우린 그 압력을 기다리며 컸지
꽃을 씹을 때 어금니가 뜨거워졌지 그때
뜨거웠던 공기가 지금도 입속에서 피는 중이라면
뻥, 다 뻥, 순 뻥이지

꽃들이 일제히 폭발한 순간
고만고만하게 핀 꽃들의 씨눈을 보았지
폭발한 꽃들은 시간이 같지만
한 나무에 맺힌 꽃눈은 눈뜨는 시각이 다르지
꿈꾸다가 깨어나서 꽃이라 한다면

맨몸을 보여 줘서 눈이 부신 저 꽃들
자꾸만 손이 가던 꽃들이 사라지면서
어금니가 뜨거워졌던
봉천동 아니면 왕십리 오거리쯤에서
즐거운 압력을 견디고 있을 벚나무 아래
겨울에도 여름에도 들들들 돌아가던 뻥튀기 기계

말의 침묵

말하고 듣고 생각하는 일,
3초면 가능하죠

3초 지나면 머쓱,
마치 빨간색 볼펜 같죠
각자의 말에는 색깔이 있다는 말 들어보셨죠
캄캄한 귀를 고집하신다고요

3초의 침묵,
세상에서 가장 긴 대답일 수도 있어서
그땐 입을 열고 혀의 색깔을 확인하는 거죠

침묵은 잉크가 떨어진 일일 수도 있겠지만
유언이 흐릿한 이유도 마지막 잉크를 짜내어 쓰기 때
문에
모두 자기 색깔이라고 우기는 거죠

묵비권이 철저히 개인용 대화라면
똑딱똑딱 펜을 열고 닫듯 추궁은 공용어일까요

작은따옴표 속에 있던 말을 큰따옴표로 옮겨 와도
갇혀 있는 것은 마찬가지죠
하고 싶은 말 입속에서 몇 바퀴를 도는 동안 중화되지
않죠
점줄로 되어 있는 대화체 침묵
얻는 것보다 잃는 것이 많아서……
툭툭 던져 놓고 무신경했던……
그냥 놔두어도 언젠가는 발아될 말의 씨앗이죠
입속에 쌓이거나 목구멍에 걸릴 때가 있는 말의 씨앗

봄은 언제 오는 거죠

입속에 쌓이는 말줄임표

무릎 아래를 두지 않겠다
스스로 단종을 실천하고 분열하지 않겠다

독신의 코스로 도는 세탁기와 외딴 방식인 식탁의 수저
역시 한 가지 질병으로 삭아 간다

음양이 있어서 뒤척이는 침대, 저 별은 너의 별 저 별
은 나의 별 통 크게 우주 부동산을 주고받는 서정적 거짓
말은 죄가 아닌데

헤어지고 단역

발뒤꿈치를 물려 발갛게 된 걸 보면 혼자 사는 건 아
니건만

당신의 안쪽에서 부서졌던 포옹도 언제였는지 은밀한
배고픔과 공공연한 배고픔으로 당신을 훔칠 것 같은

겨울

갓밝이

오는구나 공복으로 오는구나 매일 오는구나 내밀한 밤,
다독거리는 손을 뿌리치고 맨발로 걸어 나오는 나의 새벽
은 오는구나 유리창 밖에서 사라지려고 그렇게 오는구나

한 번도 거르지 않고
가산혼합으로 오는 새벽,
더 가까이 오면 일으켜 놓고

새는구나 앞에서부터 새는구나 동공 속에 달과 별을 넣
어 주고 새는구나 묵시적 방법으로 소등을 하고 몽환을 잉
태한 안개와 이슬점을 두고 새는구나 빗살무늬 구름을 흩
뿌리는 자각증상으로 천천히 오다가도 가까이 오면 다시
는 안 올 것처럼 다 보여 주고 침착하게 새는구나

다 새고 나면 아침이 나머지로 있구나

'오해'와 '거짓말'의 모멘트

—이담하 시의 '말'과 시적 순간

전해수(문학평론가)

　이담하 시인의 첫 시집 『다음 달부터 웃을 수 있어요』는 하나의 대상에서 상상되는 두 가지 이미지를 제시하거나 두 이미지의 상충된 특징을 오가며 대상을 낯설게 배치한다. 그것은 "냉온을 번갈아 맛본 혀"(이하 「한 번쯤 울었던 맛」)의 감각에 도달한 두 개의 맛, 이른바 "씁쓸한" 맛과 "불안한" 맛을 통해 느끼는 시인의 예민한 감수성에서 기인한 것일 수도 있겠고, "두 계절을 믿지 않는"(「입속에 들어 있는 두 계절」) 오래된 불신이 '오해'를 낳아 불안정한 저항의 방식으로 시화화(詩話化)된 것일 수도 있겠으며, 때로는 "거짓에 열광하는 세상"(「거짓말 크레셴도」)을 향해 '진실'과 '거짓말'의 경계를 수시로 무화하고 발아된 말의 씨앗을 두 개의 이미지로 나누면서 도달할 수 없는 세계와의 불화를 드러내는 방식을 취하고 있기도 한 듯하다. 그래서인지 두 가지의 화

합할 수 없는 이미지의 표출로부터 출발하고 있는 이담하의 시는 기이하고도 이색적이다.

이와 같이 두 개의 이미지와 '말'에 대한 시인의 인식은 이담하의 시에서 자주 등장하는 언어인 '거짓말'과 '진실'에서 쉽게 포착되는데, 한 대상의 이미지를 따라가며 의미를 추적하기보다는 낯설게 부딪히는 한 대상의 상충된 이미지를 발견하여 선뜻 두 이미지의 충돌을 무심한 태도로 보여 주고 있어서 특징적이다. 요컨대 이담하의 시는 '말'에서 혹은 '말'을 통해 '대상'의 본질을 포착하려는 언어적 태도를 고수한다. 이담하 시인에게 있어 '말'은 '시어(詩語)'와는 다른 양상을 띠는 것이기에 이담하의 시는 '시어'라기보다는 '말'의 인식에서 유발된 시의 언어 그러니까 문자로 안착된 규범적 언어 이전의, '말'로 살아 꿈틀거리는 일상의 언어에 가까운 '말'의 언어를 보다 친밀하게 사용하고 있다. 한 예로 술어의 사용에서 '-어요'체와 '-습니다'체, '-이다'체가 수시로 뒤섞이고 있는 그의 시는(시집의 첫 시 「사과가 가득한 방」은 특히 술어 사용이 주목된다) 대상의 이미지를 낯선 두 가지 혹은 세 가지의 '말'의 언어로 쉽게 바꾸면서 '말'에 대한 독특한 인식 체계를 '술어'로써 제시한다.

이처럼 이담하 시의 언어는 하나의 대상에 두 가지의 시적 이미지가 나뉘고 이내 다시 하나로 뭉치려는 시도를 자주 보여 준다. 마치 "피(皮)"(「바늘이 가리키는 본질」)에서 '피(皮)'의 내부인 '피(血)'를 동시에 의식하고 있는 것처럼 이담하의 시적 언어는 무의식적인 습성에 가까운 '말'의 언어를

통해 매우 생경하고 낯선 두 이미지 사이 새로운 시의 '말'
로 다시 태어난다. 이 점은 시인이 흔하게 사용하고 있는
말의 두 가지 속성인 '거짓말'과 '진실'의 양립적인 구분과
혹은 '웃다'와 '울다'의 대척적인 감정마저도 한자리에 놓거
나 이질적인 감정으로 이분화하고, 한 계절보다는 두 계절
을 번갈아 오가며 두 계절을 서로 섞고 분해하는 것을 반복
하는 방식으로 표출된다.

> 웃는 얼굴과 우는 얼굴이 물에서 나왔다고 믿었다
> 물의 머리를 땋고 물의 치아를 닦고 얼굴을 바꾸려고
> 자신들의 얼굴에는 물고기와 날벌레의 파문이 있다고 믿
> 었다
>
> 여름옷을 입고 있는데
> 거울이 깨지면 겨울옷을 입고 있는 허상
> 오른손으로 열고 왼손으로 닫고
>
> —「완벽한 모습」 부분

　위 시 「완벽한 모습」은 "웃는 얼굴"과 "우는 얼굴" 그리고
"여름"과 "겨울", "오른손"과 "왼손" 등 양가적인 것들을 한
자리에 들여 궁극적으로는 소멸과 탄생의 한 공간("물") 안
에서 이들과 함께하고 있다. 예컨대 "물"(水)은 모든 사물이
뒤섞여 사라지거나 혹은 여러 사물로 나뉘어 탄생하는 화
합의 공간으로 제시된다. "완벽한 모습"은 두 개의 이미지

로 나뉘거나 분해된 양가적인 것들이 또한 일체(一體)의 공간("물") 안에 놓이게 됨을 보여 준다. 그러나 두 이미지의 충돌하는 양상은 이에 앞서서 전제된다. 이른바 "여름옷을 입고 있는데" "겨울옷을 입고 있는 허상"을 보거나 "오른손으로 열"어 "왼손"을 "닫는" 낯설고 이질적인 것들을 데칼코마니처럼 펼쳐 낸다. 이담하 시인에게 세계는 비극과 희극처럼 둘로 나뉜 것이며, 이들은 하나(삶)로 향해 가더라도 여전히 둘의 모습이 전제되어 있기에 이 둘은 아쉽고 부족한 세계지만 "완벽한 모습"의 세계를 찾아 나서는 시도를 반복한다.

그러므로 이담하 시인에게 "완벽한 모습"은 모든 이질적인 대상이 "물"에서 나와 "물"로 되돌아가는 것과도 같아서 그저 대척되고 이질적인 것으로 '남겨지는 것'은 결코 아니며, "거울" 앞에서 깨닫게 되는 "거울" 안의 모습으로 하나의 진실로 비춰진다. 이른바 "물고기와 날벌레"를 동시에 "자신들의 얼굴"로 여기는 것은 "거짓말" 같지만 "진실에 가까운 거짓말"이어서 진정 새빨간 "거짓말"은 아닌 것이다. 이처럼 진실 너머의 "허상"은 이담하의 시에서 "진실"에 가까워지려는 노력의 일환으로써 목도된 것이기에 이 "허상"은 "스스로 보는 법을 모르는 실체"에서 움트며, "보는 법"은 매우 중요한 이담하 시의 (또렷한) 시선(視線)이라 할 수 있을 것이다.

스스로 보는 법을 모르는 실체는

허상에서 다듬는다

　　그런데 이담하 시인이 "스스로 보는 법"을 "허상"에서 찾
는다는 점은 매우 특별한 의미를 갖는다. 이담하 시의 "허
상"은 '오해'와 '거짓말'의 언어를 잉태하고 있기 때문에 허
상에 머물지 않고 실체가 가능한 것이 된다. "허상"에 관한
시인의 돌발적인 인식(말)의 코드는 "완벽한 모습"이라는
시의 제목과도 연관된다. 역설적이게도 이질적인 두 개의
세계가 한자리에 있고 이 세계는 허상이기에 (가능한) '완
벽함'의 세계를 지향한다.

　　앞서 말한 바와 같이 '거짓말'이 수시로 등장하는 이담하
의 시는 "서정적 거짓말"(「입속에 쌓이는 말줄임표」)을 향해 나
아간다. '거짓말' 이면(裏面)에 자리한 '오해'의 세계는 이담
하 시인이 '울다'와 '웃다'의 상반된 감정을 통해 드러내고자
한, '진실' 쪽보다는 자연스레 '거짓말'로 '오해'를 유발하는,
'불확실함'으로 표현할 수밖에 없는 '말(언어)'의 세계에 의
해, 그 윤곽을 드러내게 된다.

　　문밖에 걸려 있는 양말 한 짝
　　선물은 발가락 수를 가리지 않고
　　양말 속으로 들어간다

　　착한 아이만 선물을 받는다는 거짓말

나는 나쁜 아이였는데 선물을 받았고

양말을 뒤지는 사람이 아닌

그 양말에 선물을 넣는 사람이 되었을 때

나쁜 아이도 선물을 받는다는 오해 하나가 풀리는 일

——「선물에 대한 오해」 부분

아이의 세계를 "착한 아이"와 "나쁜 아이"라는 두 가지 방식으로 나누는 것은 "착한 아이"와 "나쁜 아이"의 구분이 오직 '선물을 받는 일'에서 판단된다는 '오해'를 불러일으킨다. "착한 아이"에 대한 이 공공연한 '오해'는 방문 앞에 걸어 둔 양말의 "발가락 수를 가리지 않고" 무차별적인 '진실'로 바뀐다. 그러나 선물을 받는 아이의 입장이 아니라 선물을 주는 사람의 입장이 되었을 때 '오해'는 간단없이 풀린다. 선물을 받는 입장이 되어 보면 결국 "착한 아이"라는 '오해'는 '거짓말'에서 생겨난 것임을 알게 된다. 위 시는 "착한 아이만 선물을 받는다는 거짓말"에 대해, "문밖에 걸려 있는" 양말의 거짓된 진실에 대해, "오해 하나가 풀리는 일"을 찾으려는, '거짓말'과 '오해'의 관계를 묻고 있다.

부근에서 발견되었다

실종자와 동행했던 것은 할 말이 많다

주인을 흔들어 깨우는 것처럼 한동안 울리다가

도착한 카드 몇 통

경찰은 패턴을 풀고 측근을 골라내고
최근의 말과 과거의 말을 선별했다

거짓말 같은 참말, 뜸 들이다 놓쳐 버린 말
끝내 마주 보지 못한 말은
화학적 감정을 유발하는 보고 싶은 한 줄
내밀한 문장은 파장이 길다
비밀의 나쁜 적은 공개가 아니고 논란으로
이번 주는 신상 털기 주간
한 사물을 충전하면
실종자와 주소가 같다
폰 케이스를 자주 바꿔 주고
몇 시간씩 눈을 맞추고 터치했을 실종자
반려 사물을 대답으로 사용했을 것이다
밀어서 잠금이 해제되는 유서를 흘렸을 것이고
날짜를 저당 잡혀
끝에 가서 비상 탈출을 시도했을 것이다

진지하게 만들어져서 진지하게 버려진 사물

낑낑거리는 개처럼
벨 소리를 울리고 조용해졌다

—「반려 사물」 전문

사물을 주시하며 사물을 통해 '말'을 찾는 시인의 언어 인식은 "거짓말 같은 참말", "끝내 마주 보지 못한 말" 등 무수한 사건들에 얽힌 "최근의 말과 과거의 말을 선별"하는 일에 주목한다. 위 시 「반려 사물」은 이러한 '말'의 관계를 "실종자와 동행했던" 반려 사물을 통해 드러내고자 한다. 반려 사물은 반려견이거나 반려 고양이가 아니라, 감정(듣는 말)이 배제된 '핸드폰'으로 상정하고 있다. 핸드폰을 소지했던 "실종자"는 사라지고 "부근에서 발견"된 반려 사물(핸드폰)만이 "한동안 울리다가" 곧 그 누구도 마주하지 못하고는 끝내 배터리가 소진되어 조용해진다(꺼진다). 반려 사물(핸드폰)에 대한 기대는 경찰이 "패턴을 풀고" "최근의 말과 과거의 말"을 찾아내는 순간에 존재한다. "실종자"는 어디에 있나. "밀어서 잠금이 해제되는 유서"와 "폰 케이스"로 내밀하게 관계하는 사정과 사라진 육신은 찾을 수 있을 것인가. 어쩌면 반려 사물(핸드폰)의 "신상 털기"에 의해, "화학적 감정"을 불러일으키는 질문을 던져서, "실종자"를 무사히 수색할 수 있을 것인가. "실종자와 주소가 같"은 반려 사물은 "끝내 마주 보지 못한 말"을 내려놓고 마침내는 "진지하게 버려진 사물"이 되고 만다.

　　새가 좋아하고 당신이 좋아하는 사과
　　새와 당신을 바꿀 수 없다고 거짓말할 때
　　새소리를 들을 수 있죠

새는 단맛에 익숙하고
당신은 진실에 가까운 거짓말을 할 때
사과는 가장 맛있죠

사과 중에 가장 큰 사과는 지구라는데 따기가 힘든가요
꼭 그렇지만은 않아요

거짓과 진실의 업적으로 익어 가는 사과
3D로 보면 코앞에서 떨어질 때도 있고
낙하지점을 잘 찾기만 하면 한꺼번에 떨어지는 사과
아무것도 안 하는 우리가 따죠

새가 좋아하고 당신이 좋아하는 사과
새와 당신을 바꿀 수 없다고 모처럼 진실을 말할 때
거짓과 진실의 중간에서 사과가 떨어지네요
　　　　　　—「새가 좋아하고 당신이 좋아하는」 부분

　위 시 「새가 좋아하고 당신이 좋아하는」은 나무 위의 "사
과"를 중심으로 "새"와 "당신"의 "진실"과 "거짓말"에 귀 기
울이고 있다. 사과의 "단맛"에 대해 당신이 "진실에 가까운
거짓말을 할 때" 새는 이미 "단맛에 익숙"해 있고, "사과"는
"거짓과 진실의 업적으로" (생각 없이 무르)익어 간다. 그
런데 나무 위의 저 "사과"는 여전히 "새가 좋아하고 당신"
도 좋아하는 '사물'이다. "새가 좋아하고 당신이 좋아하는"

"한꺼번에 떨어지는 사과"는 "거짓과 진실의 중간"에서 "아무것도 안 하는 우리" 코앞에서 맘껏 "익어" 간다(그러나 이것은 3D로나 확인이 가능하다). "거짓"에 익숙한 "사과"는 떨어졌으며, "오른쪽에서 왼쪽으로" "돌려 깎"이고, "단도를 찔러 넣"은 단맛이 "가장" 좋은 사과가, "낙하지점을 잘" 찾아낸 덕분에, "거짓과 진실의 중간"쯤에서 드디어 맛있는 낙과(落果)로!

위 시는 사과가 익고 사과가 떨어지고 사과를 깎아 식탁에 올리는 일련의 과정을, 사과를 좋아하는 땅 위의 '당신'과 저 하늘의 '새'를 호명하여 나무 위의 진실과 거짓을 둘러싼 '오해'를 제시하고 있다. 그러니까 "사과"는 낙과 이전에는 새가 좋아하고 낙과 이후에는 당신이 좋아한다는 '말'인데, "사과" 때문에 새와 당신을 바꿀 수는 없다! "새와 당신을 바꿀 수 없다"는 '말'이 "거짓말"이 아니라면 "진실에 가까운 거짓말"인 "사과"의 존재는 가장 맛있는 순간이 낙과의 시절이다.

새와 당신의 감정이 사과를 좋아한다는 사실로 한데 엮여 나에게는 모두 연민의 대상이 된다. 그러나 당신을 새와 바꿀 수 있다면(혹은 없다면) "새소리를" 듣듯이, 당신의 소리도 새소리처럼 나에게로 와 닿을 것이다(혹은 닿지 않을 것이다). 새와 당신이, 파노라마처럼 나에게로 흐르고 이내 낙과로 새는 멀어지고 새처럼 당신도 멀어진다.

입속을 들여다보는 의사는 좁쌀만 한 결절에 즐거워요

성대결절입니다

어쩐지 나는 로맨틱한 마음이 들고

그럼 어떻게 해야 하나요

의사가 입을 열어 다섯 번째 계절과 숨은 계절을 보여 준다

결절된 성대 부근을 보면
상처가 보여 주는 용례는 자주 갈라진다고 해요
입속에 두 개의 사과가 있다고 의사는 정정해요
빈방에 통증이 숨어 있다고 또 정정해요

두 계절의 성분은 무엇입니까

의사는 자기 가슴을 또 한 번 열어
돌아오는 계절과 돌아오지 않는 계절을 보여 준다

당신이 만든 계절과 신이 당신을 만든 계절 중에
어느 계절을 믿는지 묻는다

저는 제 몸의 온도와 속도만 믿어요
통증은 하나의 계시라서
누구나 믿을 수 있고 자란다는 특징이 있어요

입속을 들여다보는 의사는 빈방을 보고 즐거워해요

방에 피 묻은 붕대가 가득하다고 말해요

사과가 가득하다고 정정을 해요

나는 일어나 방으로 들어가고

나는 방으로 들어가 방문을 닫아요

방은 이제 무엇으로 가득한가요

　　　　　　　　　　　—「사과가 가득한 방」 전문

　시집의 맨 앞자리에 놓인 위 시 「사과가 가득한 방」은 입
안의 붉은 목젖과 붉은 천장이 "사과가 가득한 방"으로 제
시되고 있다. 예컨대 "성대결절"로 갈라진 상처 입은 "두 계
절의 성분"은 "돌아오는 계절과 돌아오지 않는 계절" 혹은
어디에도 없는 "다섯 번째 계절과 숨은 계절" 사이에 위치
하고 있으며, 상처로 얼룩진 입안은 붉은 "사과가 가득한
방"으로 인식된다. 무릇 상처로 더욱 붉어진 목젖과 입안은
핏빛으로 여울져 빨간 사과가 그득한 방으로 비유된다.

　그런데 "성대결절"을 진단한 "의사"는 "통증은 하나의 계
시"임을 증명하고자 한다. 의사의 정정(訂正)으로 일순간 입
안의 "통증"은 "방"과 "문"으로 구분되는 세계의 안과 밖의
통로를 통하게 되고, "사과가 가득한 방"은 '(방)문'에 의해
두 개의 세계로 분리되게 된다. 곧 "제 몸의 온도와 속도"로

방은 두 개의 세계를 고통스럽게 오간다. "방으로 들어가 방문을 닫"으면 "사과가 가득한 방"은 "제 몸의 온도와 속도"에 의해 더욱더 핏빛 사과로 자란다(커진다).

계절과 결절이 붉은 입안의 상처로 나뉜 "사과가 가득한 방" 안과 "문" 밖의 두 세상에서 시인은 상처를 그대로 응시하지 않고 희화적(戱畵的)으로 승화시키고 있다. 아담의 목젖처럼 혹은 사과를 삼키다 목에 걸린 동화 속 공주처럼, 동화적 상상력을 덧대어 핏빛 상처를 "사과가 가득한 방"으로 묘사하고 있다. 특히 결절된 성대로 입안의 사과(성대)가 두 개로 나뉘는 것은 두 개의 계절로 갈라진 상처의 결절을 역(易)으로 드러낸다. 이외에도 "사과가 가득한 방"의 "사과"는 여러 측면으로 이담하의 시에 자주 등장하고 있는데, 시「새가 좋아하고 당신이 좋아하는」 외에도 예컨대「사과는 용서받을 때까지」는 "사과"와 '사과(謝過)'를 중의적으로 다루면서 '용서'의 의미를 "늦가을 사과나무"의 자세로 겹쳐 읽고 있다.

겹겹이 된다는 것, 오래 참고 참았다는 뜻으로
나를 벗기지 말라는 말엔
당신을 먼저 울게 할지도 모른다는 말

(중략)

뽀얀 눈물은 나를 그냥 두라는 말

오히려 당신은 당신의 손버릇에 부끄러워 울 수도 있지만

나를 그냥 놔둔다면
당신이 맡겨 두었던 슬픔 때문에 울게 하지는 않아요
　　　　　　　　　　　　　　　　　—「맡겨 두었던 슬픔」 부분

　그런데 이담하 시인에게 '말'은 행동을 유발하게 하는 기
준이 되어 주기도 한다. '말'의 또 다른 표현인 '행위'는 그러
므로 "그냥 놔둔다면" 누적된(맡겨 둔) "슬픔"이 되어 마침내
는 울음을 쏟게 되는 것이다. 시인에게 "눈물은 나를 그냥
두라는 말"이며, 껍질을 "벗기지 말라는 말"은 "당신을 먼
저 울게 할지도 모른다는" 다른 표현이며, "오래 참고 참았
다"는 뜻으로 사용된 "겹겹이 된다"는 표현은 슬픔을 억제
하는 의미의 '말'로 전이된다. 이처럼 이담하 시인은 '말'을
통해 행동을 결정짓고 이 '말'은 다시 자연스럽게 시의 언어
가 된다.

진실에 가까운 거짓말을 잉태하는
오후가 어둠 쪽으로 머리를 틀어요
　　　　　　　　　　　　　—「오후 3시에 할 수 있는 일들」 부분

　"진실에 가까운 거짓말"은 진실인가 거짓말인가. 위 시
에서 "오후 3시"에 우리가 할 수 있는 일은 "진실에 가까운

거짓말"을 수시로 잉태하는 한낮의 뜨거움 앞에 서는 것이
다. "오후 3시"는 태양이 정점을 지나 다시 기울어지는 한
낮의 시간이며 "어둠 쪽으로 머리를 틀"려는, 다른 시각의
시작점이다.

　　질량보다 무게가 변하는 거짓말,
　　기계적 결과에 주목한다

　　질량도 늘릴 수 있는 거짓말,
　　거짓말의 꼬리는 왜 밝혀지거나 밟히게 될까
　　거짓말은 노랗거나 푸르지 않고 왜 새빨갛다고 할까
　　반복해서 들으면
　　시처럼 들려서 쉽게 용서되는 거짓말,
　　언제부터 입술에 접안되었을까

　　화학적 감정을 유발시키는 입

　　누가 내 아가리를 막아 주오
　　누가 내 아가리를 찔러 주오
　　누가 내 아가리를 뽑아 주오

　　믿기 위해 의심하고 의심하기 위해 믿는 합리적 의심과
　　거짓에 열광하는 세상

네발로 걷는 것들이 지배할 거야

그들이 거짓말을 이해한다면
　　　　　　　　　　　　　　—「거짓말 크레셴도」 전문

"크레셴도"는 점점 커지는 속도를 의미한다. "거짓말"도 크기가 존재한다면 "거짓말 크레셴도"는 걷잡을 수 없는 거짓말의 확산에 다름 아니다. "진실에 가까운 거짓말을 잉태하는" 거짓의 속도를 제어하고자 화자는 "화학적 감정을 유발시키는 입"을 "막아 주"고 "찔러 주"고 "뽑아" 달라고 호소한다. 그런데 "입술에 접안되"는 거짓의 '말'들은 때로 "시처럼 들려서 쉽게 용서"를 구하고, "거짓말"의 크레셴도는 시를 열광하듯(?) "거짓에 열광하는 세상"을 만들고 만다. 이처럼 "무게가 변하는 거짓말"의 크레셴도는 "믿기 위해 의심하고 의심하기 위해 믿는 합리적 의심"을 지척에 둔다. 태양이 뜨고 지는 자연현상처럼 자연스레 반복되고 커지는 이 거짓말은 "네발로 걷는 것들이 지배할 거"라는 "질량도 늘릴 수 있는 거짓말"로 그 위험성을 경고하고 있다.

부끄러움은 하나의 입, 할 말이 없다
몸의 가장 부끄러운 곳
말하는 입과 닮아서
입을 봉한다는 것은 소리를 가두는 것
입을 닫고 있을 때

조용히 하라는 소리가 몸속에 쌓여

일어날 때보다 앉을 때 조용히 하라는 쉬,

오줌을 누면서 눈과 귀를 떼어 놓는다

—「조용히 하라는 쉬」 부분

　　이담하 시의 '말'의 성찬은 종국에는 "조용히 하라는 쉬"
에 이르러 "몸의 가장 부끄러운 곳"과 대면하고 있다. "입을
닫고 있을 때"에야 비로소 '오해'와 '거짓말'의 시적 순간이
"눈과 귀를 떼어 놓"게 된다. "부끄러움"의 "입" 하나 겨우
할 말을 거르고 걸러서 비로소 시의 언어로 옮겨 적는다.
"일어날 때보다 앉을 때 조용히 하라는" "쉬"의 언어로, 입
의 할 말 없음에 시인은 조용히 귀 기울일 것이다. 이담하
의 시는 「조용히 하라는 쉬」에서 다시 '말'이 깨어나고 있다.
이담하 시인의 '말'이 그렇게 '시어'가 되는 순간이 도래할지
니. 시인의 다음 시집은 어떤 언어일까. 성급하지만 이담하
시의 두 번째 '말'이 기다려진다.